故事集中营
GUSHI JIZHONGYING

黄粱美梦

知识达人 编著

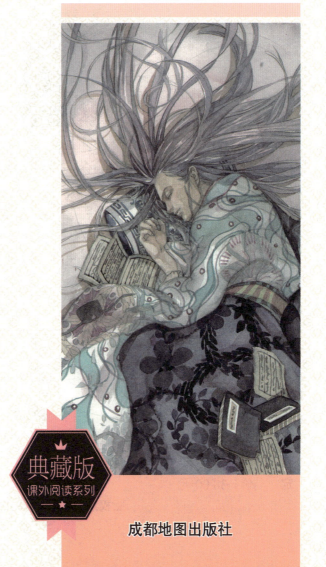

典藏版
课外阅读系列

成都地图出版社

图书在版编目（CIP）数据

故事集中营 . 黄粱美梦 / 知识达人编著 . — 成都：
成都地图出版社，2017.1（2021.10 重印）
ISBN 978-7-5557-0564-2

Ⅰ . ①故… Ⅱ . ①知… Ⅲ . ①阅读课—中小学—课外
读物 Ⅳ . ① G634.333

中国版本图书馆 CIP 核字（2017）第 022824 号

故事集中营—— 黄粱美梦

责任编辑：吴朝香
封面设计：吕宜昌

出版发行：成都地图出版社
地　　址：成都市龙泉驿区建设路 2 号
邮政编码：610100
电　　话：028 - 84884826（营销部）
传　　真：028 - 84884820

印　　刷：固安县云鼎印刷有限公司
（如发现印装质量问题，影响阅读，请与印刷厂商联系调换）

开　　本：710mm × 1000mm　1/16
印　　张：8　　　　　　　　字　　数：160 千字
版　　次：2017 年 1 月第 1 版　印　　次：2021 年 10 月第 4 次印刷
书　　号：ISBN 978-7-5557-0564-2
定　　价：38.00 元

目录

黄粱美梦

有个姓卢的穷书生，希望过上荣华富贵的生活。一天，他在旅店遇见了一个道士，道士拿出一个青花瓷枕，告诉书生，只要他睡在上面，就可以过他想要的生活。这时，旅店的主人正在煮黄粱小米饭。

书生接过枕头睡了上去，不久就进入了梦乡：他回到自己的家乡，娶了一个崔姓女子为妻。崔家很有钱，妻子带来了丰厚的嫁妆。书生的生活富裕起来。第二年，他进京参加科举考试，一举考中状元，做了大官。书生在官场上一帆风顺，连连升迁，一直做到了宰相的位置。他的五个儿子也都做了大官。他们家成为京城当时的名门望族。

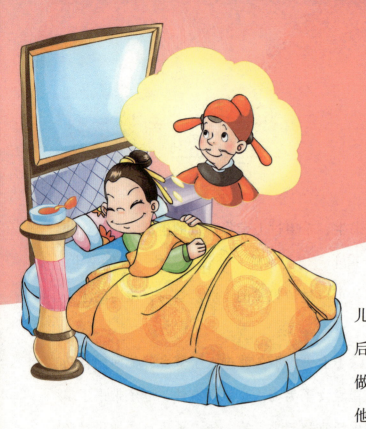

又过了很多年，儿孙满堂的他辞官后，在家里享清福，做老太爷了。因为他生活美满如意，笑口常开，所以他一直活到八十多岁才死去……

当他从梦中醒来的时候，嘴边还挂着满意的微笑。可等他睁开眼睛一看才发现原来自己还住在旅店里，刚才的荣华富贵只不过是一场梦。这时候，店主人的黄粱饭还没有煮熟呢。

书生失望极了，说："太遗憾了，刚才的一切只不过是在做梦。"

道士拍了拍他的肩膀，说："其实人生的荣华富贵，本来就是短暂的黄粱一梦。你又何必在意呢？"

"麦田圈"之谜

20世纪80年代，世界各地的人们已经陆续发现了不少存在于农田里的怪圈图案，而在最初，这些简单的圆圈图案，曾经一度被人们认为是一些好事的农夫的恶作剧。

但是，随着英国石柱地区不断出现的神秘麦田怪圈，图案越来越复杂，传言中甚至有人说看到了麦田上空飞旋的怪物，并拍摄下了怪圈形成的过程，这个神秘的麦田

怪圈终于引起了人们的高度重视和思考，也引起了更多的人对它的痴迷和陶醉，对麦田怪圈的研究也随之展开了。

其实，早在 1972 年，英国就发现了第一个完整的麦田怪圈。在麦子成熟的时候，有人看到天空有一群盘状物不停地在麦田上空飞舞，数秒内田地里就形成了各种有趣图案的麦圈，而且麦子并没有折断的痕迹，只是生长的方向发生了变化。奇怪的是，在麦圈里的麦子竟然还增产了 40% 左右。发现麦田怪圈的几十年来，科学家和麦田怪圈爱好者通过大量的观察和研究发现，在英国和世界各地发现的麦田怪圈大多都有如下特征：

大部分的麦田怪圈都呈现一种精密的几何图样，但并不十分完美。图形结构有圆形、环状、椭圆、长方形、三角形等。平躺着和直立着的农作物之间界线分明。首次发现时，作物的茎秆是弯曲的，但大体看来，并没有受到损坏。倒下去的作物会一直保持水平，但是却能持续生长、成熟。1980年至1990年，麦田怪圈的结构逐渐复杂化。麦田怪圈经常出现在靠近古遗址、古墓等地方。

新的麦田怪圈出现之前，就已经有一些有关UFO的报告。特别是在1990年时出现具有象征意义的组合图案。从麦田怪圈的图案上看，这些充满智慧的麦田怪圈似乎都具有某种目的，我们所面临的好像是某种非人类的智慧，当然，目前为止并没有任何征兆显示它们具有实质的生命，也不知道在任何麦田怪圈中有任何东西是实质生命所留下的。

创造麦田怪圈以及其幕后的主导力量到底是什么，至今仍是个谜，毕竟我们对此现象的研究也不过几十年左右。这个谜底必须待其本身显露答案，而我们所能做的就是继续等待，继续观察、记录，更重要的就是要仔细倾听它想告知我们的事情。

三叶虫化石

　　美国人梅斯特是赫克尔公司的监察人，被朋友们称作是"岩石狂"，同时也是一位著名的三叶虫收藏家。在1968年6月1日，他和他的家人到犹他州度假，顺便再搜集一些奇特的岩石。不料，这次愉快的旅行竟让他获得了意外之喜，他在一座羚羊喷泉旁边发现了一块三叶虫的化石。

　　考古学家告诉我们，三叶虫是一种节肢动物，生存在古生代的寒武纪和奥陶纪，距今约五亿年。

　　这种小生物的背面，从头到尾有两条明显的纵沟，把身体分为中部和左肋、右肋三叶模样，其化石是目前人类所知道的最古老的化石之一。

令他吃惊的是，这些三叶虫化石上居然有人的脚印！其中，一只穿着凉鞋的脚正好踩在三叶虫上，脚印长 26.29 厘米，前端 8.89 厘米宽，后跟 7.62 厘米宽，后跟的印痕比前端部分深 0.32 厘米，很明显这是一只右脚。

　　盐湖城公立学校的一位教育家比特先生在同一地点也发现过两个凉鞋脚印，而且也踩在三叶虫化石上。在不久后的 7 月

20日，地质学家伯狄克又在同一地区发现了一块泥版岩，上面留有一个小孩的清晰的赤脚印，五个脚趾隐约可见。我们知道，五亿年前是没有人类的，甚至没有猴子、熊等与人类相似的动物，当然也没有鞋子，更何况是凉鞋！那么，对遗留在这些三叶虫化石上的人类的脚印又该作何解释呢？

　　人类学将面临着一个难题：五亿年前，究竟是一种什么样的"人"，在地球上迈着雄健的脚步？

撒哈拉中的画像

撒哈拉沙漠是世界上第一大沙漠，它是一个气候干燥的不毛之地。在人们的印象中，这片沙漠只能与荒凉和死亡联系起来，最美好的画面也不过是一支疲惫的驼队，淹没于血红的夕阳之中。但是，让人惊奇的是，在这片荒凉之地，竟然还深藏着远古文明的无尽瑰宝！

1850年，德国探险家巴尔斯来到撒哈拉沙漠进行考察，无意中发现岩壁中刻有鸵鸟、水牛等动物图案及各式各样的人物像。

1933年，法国骑兵队来到撒哈拉沙漠，偶然在沙漠中部塔西利台、恩

阿哲尔高原上发现了长达数千米的壁画群，这些壁画全部绘在受水侵蚀而形成的岩壁上，色彩绚丽，刻画出了远古时期人们生活的情景。

消息传出去之后，撒哈拉沙漠立即成为了世人关注的焦点，欧美一些国家的考古学家纷至沓来。

1956年，亨利·罗特率领法国探险队在撒哈拉沙漠发现了一万件壁画。第二年，他将总面积约1077平方米的壁画复制品及照片带回巴黎，一时成为轰动世界的奇闻。

　　谁也无法想象，在这片极端干旱，严重缺水、土地龟裂、植物稀少的空旷之地，竟然曾经有过高度繁荣昌盛的远古文明。沙漠上许多绮丽多姿的大型壁画，就是这远古文明的结晶。

　　今天，人们不仅难于考查这些壁画的绘制年代，而且对壁画中那些奇形怪状的图案也茫然无知，撒哈拉沙漠中的画像已经成为人类文明史上的又一个谜。这是人类历史的迷惑，也是人类历史的骄傲。

秘鲁纳斯卡

在秘鲁的纳斯卡平原上，有许多令人难以理解的奇特图案。这些图案静静地躺在平原上已经很多年了，没有人知道它们的来龙去脉，也许它们正是某种神秘文明展示给人类的艺术杰作吧。

在方圆五十平方千米内，用卵石砌成的线条纵横其间，勾画出巨大的鸟兽图案和各种准确的几何图形，从高空中看就好像是巨人用手指画出来的。

　　在这些千奇百怪的图案中，有一幅著名的蜘蛛图。这只蜘蛛长 45.72 米，以一条单线砌成，是纳斯卡最动人的动物寓意图形之一。人们猜测，这个图案可能是某个特权阶层的图腾，也许他们在某个特定的节日会来到这个图

形身边，图形中的蜘蛛可能与预卜未来的仪式有关，但也可能是纳斯卡人崇拜的星座之人。

另外一种有名的图案就是鸟图，在纳斯卡荒原上一共砌着18幅这种鸟图。鸟图的尺寸非常巨大，长度在27米至37米之间。一条又直又长的太阳准线正好穿过这幅宏大的鸟图。

在纳斯卡出土的部分陶器上，也发现有类似的鸟图。更为奇怪的是，在皮斯科海湾附近，在一道光秃秃的山脊上，也刻着一个巨大的三叉戟图案。

应该说，当时的印第安人从来没有看到过三叉戟图，那这幅三叉戟图案又是怎么回事呢？难道当时还有其他的文明存在，而印第安人只是他们生活中的"附属物"？这些只能是现代人的想象和推测罢了。

构成这些图案线条的是深褐色表土下显露出来的一层浅色鹅卵石。据专家计算，每砌成一条线条，就需要搬运几吨重的小石头，而图案线条中那精确无误的位置又决定了制作者必须依照精心计算好的设计图才能进行，并复制成原来的图样。

当时的纳斯卡居民尚处于原始社会，那么这些巨画是怎样

制作出来的？

　　对巨画制作方法的不同解释也联系着对其作用的不同理解。这是个令全世界考古学家都困惑的难题。有人说，纳斯卡平原的直线与某种天文历法有关，因为这些图形中有几条直线极其准确地指向黄道上的夏至点与冬至点。也有人说，图案中某些动植物图形是某些星座变形的复制品，某些长短不一，形状各异的线条，则是星辰运行的轨道。

　　没有任何解释可以给这些巨画一个圆满的回答。

生命之源

随着人类科学技术水平的提高，科学家对宇宙太空的研究又取得了新的进展。在 2000 年 8 月初，美国宇航局宣布，有关专家从一块据说是来自火星，而且有四十多亿年历史的陨石上发现了某些特殊有机物，并认为这些有机物与火星上的细菌活动有关。

于是，该局正式提出三十六亿年前火星上曾存在像细菌之类的单细胞生命。事实果真如此吗？相当一部分专家表示怀疑。有人首先对这块陨石来自火星的说法表示怀疑。

这块陨石于 1984 年在南极洲阿伦山被发现，它是因结构与火星岩石类似而被认为是来自火星的岩石。所以，美国国家科学院行星研究专家阿伦斯强调，不能确定阿伦山 84001 号陨石是否来自火星。另外，即使这块陨石确实来自火星，目前也没有可靠的证据证明陨石上的有机物质就是火星细菌的杰作。除了地球之外，茫茫宇宙间存在着无数的有机物质。譬如，星际分子是宇宙间天然形成的化合物，目前已发现有几十种，其中绝大多数是有机分子。

早在 20 世纪 80 年代初，加拿大天文学家就发现，狮子座 CW 星周围尘埃气体中存在相当复杂的有机分子——氰基癸五炔。因此，美国阿肯色大学的宇宙化学专家贝努瓦表示，火星曾有单细胞生命的观点不过是推断而已，还不能成为定论。

生命之源来自地球？来自火星？或是其他星球？目前人们不得而知。但是，美国宇航局的发现倒是一条有价值的线索，事情的真相还需等待有关专家去证实。

变色龙般的怪石

在澳大利亚中部阿利斯西南方的茫茫沙漠中，巍然屹立着一块世界上罕见的嶙峋怪石，当地居民称之为"艾尔斯"，被誉为"澳大利亚的心脏"。

这块怪石长 3.62 千米，宽 2 千米，高达 348 米，是目前世界上最大的整块不可分割的单体巨石，据说距今已有五亿年历史了。这块巨石很像古代神话传说中"从天而降"的巨人，表现出一副凛然不可侵犯的威武神态。更为奇特的是，它每天很有规律地改变自己的颜色——旭日东升时，呈棕色；中午时，呈灰蓝色；夕阳西沉时，蓦然变成鲜艳的红色。古代当地居民把它当作天然的"标准时钟"，根据它的颜色变换来准确地掌握

每天的时间，安排生活和农事，从未发生过误差。这块怪石还有一些奇特的地方，如随着阳光照射角度的变化，它往往会给人以各种幻觉，好似各种景物在不停地变化，无穷的变幻构成绚丽多姿的奇妙景象。

　　来自世界各地的考古学家和地质学家对怪石产生了强烈兴趣，他们对怪石每天变换颜色的原因作过各种探究和猜想。

　　有些学者认为，这是由于沙漠地势平坦，天空终日无云，

而怪石表面光滑，好像一面镜子，对太阳光线的反射力较强，反映着从清晨到傍晚天际颜色的变化，因而它在不同的时间呈现出不同的颜色。但一些人认为，上述解释还不够全面，难以令人信服，怪石的奥秘还等待着进一步被揭开。

不过，无论它是何种来头，人们从它身上所获得的东西足以让大家对它产生依赖，如果某一天怪石不见了的话，当地人的生活可能就会被彻底打乱了。

《孙子兵法》

诞生于两千五百多年前的《孙子兵法》可谓是一部充满神奇色彩的著作。这不仅是因为其蕴涵着丰富而高深莫测的古代东方智慧，更因为它流传于世界各地的历程本身就有着许多的谜团。

一般认为，《孙子兵法》最早是流传到日本，接着是朝鲜。据史书记载，在唐朝鼎盛时期的开元二十二年，在中国留学长达十七年之久的日本学生吉备真备带着大批记载中国兵学阵法知识的书籍回到了日本。在他所带回的这批典籍中可能就有被人们奉为"兵经"的《孙子兵法》。如果这一记载准确无误的话，那么《孙子兵法》传入日本至少有一千二百多年的历史了。

把《孙子兵法》带入欧洲的人则是法国传教士约瑟夫·J·阿米欧。他于1750年来华，在东方古都北京一住就是四十三年，除了传教外，主要的精力都用在研究中国文化上面。他先后学会了汉文、满文，并把中国的历史、语言、儒学、音乐、医药等各方面的知识介绍到了法国，引起法国乃至欧洲文化界的广泛关注。他根据一部《武经七书》的满文手抄本，并对照汉文兵书开始了翻译工作。1772年，巴黎的迪多出版社出版了这套名为《中国军事艺术》的兵学丛书，其中第二部就是《孙子兵法》。有趣的是，在廖世公所

著的书中提到，就连叱咤欧洲的拿破仑也曾读过《孙子兵法》。不管这种说法是否真实可靠，《孙子兵法》之神奇及其在世界上的影响就可足见一斑了。

至于说西方兵学泰斗克劳塞维茨也读过《孙子兵法》，则纯属是今天学者们的揣测。一些学者认为，克劳塞维茨在1806年随普鲁士奥古斯特亲王参加对法作战，战败被俘后关押在法国期间，阅读了大量的军事著作。当时《孙子兵法》在法国已出版了三十五年之久，由此推断他看过该书或听人说起过该书的思想观点也是有可能的。当然，从《战争论》的内容上看，克劳塞维茨在书中的某些观点和提法，与《孙子兵法》确实也具有一定的巧合。不过，克劳塞维茨是否阅读过《孙子兵法》，目前还没有确切的证据。我们单就这些传言也多多少少能够看出来《孙子兵法》在世界上的巨大影响了。

黑洞的隐身术

一提起黑洞，大家都有一种恐怖和神秘的感觉。其实在科学上，特别是在宇宙天文学上，所谓"黑洞"，指的是这样一种天体——它有强大的引力，其引力场是如此之强，就连光也不能够从中逃脱出来。与别的天体相比，黑洞有一种特殊的"隐身术"，人们无法直接观察到它，连科学家都只能对它的内部结构提出各种猜想。那

么，黑洞是怎样把自己隐藏起来的呢？答案就是——弯曲的空间。

我们都知道，光是沿直线传播的，这是一个最基本的常识。可是根据广义相对论，空间会在引力场作用下弯曲。这时候，光虽然仍然沿任意两点间的最短距离传播，但走的已经不是直线，而是曲线。形象地讲，好像光本来是要走直线的，只不过强大的引力把它拉得偏离了原来的方向。

在地球上，由于引力场作用很小，这种弯曲是微乎其微的。而在黑洞周围，空间的这种变形非常大。这样，即使是被黑洞挡着的恒星发出的光，虽然有一部分会落入黑洞中消失，可另一部分光线会通过弯曲的空间绕过黑洞到达地球。

所以，我们仍然可以观察到黑洞后面的星空，就像黑洞不存在一样，这就是黑洞的隐身术。"黑洞"无疑是最具有挑战性、也最让人激动的天文学说之一。许多科学家正在为揭开它的神秘面纱而辛勤工作着，新的理论也不断被提出来。在不久的未来，关于黑洞的更多的秘密将会逐渐被揭开。

百慕大魔鬼三角区

　　所谓"百慕大魔鬼三角区"是指北起百慕大群岛，南到波多黎各，西至美国佛罗里达州这一片三角形海域，面积约一百万平方千米。由于这一片海面失踪事件频繁，世人便称它为"地球的黑洞""魔鬼三角"。

　　1945年12月，美国第十九飞行队的队长泰勒上尉带领14

名飞行员，驾驶着5架复仇者式鱼雷轰炸机，从佛罗里达州的劳德代尔堡机场起飞，进行飞行训练。当这位经验丰富的上尉越过巴哈马群岛上空时，基地突然收到了他断断续续的呼叫："我的罗盘失灵了！"……若有若无的通讯，让基地指挥系统难以做出正确的判断，也无法对他们实施有效的帮助措施。

就这样，在短短的6个小时内，5架飞机，15名飞行员一下子都不见了，他们消失得莫名其妙、无影无踪。

而百慕大魔鬼三角也就随着这次事件的披露而出了名。多年以后，人们依旧对这次事件有着各种各样的说法。然而，发生在该地区，而人们又无法解释的船只或飞机失踪事件，可以追溯到19世纪中叶。

　　早在 1840 年，人们就发现一艘名叫"洛查理"的法国货船航行到百慕大海面时，全体船员神秘地消失了。尽管船上食物新鲜如初，货物整齐无损。

　　1872 年，在亚速尔群岛以西的海面上，又有人发现一艘叫"玛丽亚·米列斯特"的双桅船在海上漂流，船上摆放着新鲜的水果、食物，甚至有半杯咖啡还没喝完，而船内却空无一人。

　　如果上述事件还带有传奇色彩的话，那么另一个突出事例就发生在装载着锰矿的美国海军辅助船"独眼神"号上。它在 1918 年 3 月失踪，这艘巨型货轮拥有 309 名水手，并有着当时良好的无线电设备，但是在没有发出任何呼救讯号的情况下就无影无踪了。

　　百慕大魔鬼三角区发生的事件，引起了各国科学家和有关方面的注意。人们对此提出了种种不同的看法：有人认为百慕大海底有巨大的磁场，因此会造成罗盘失灵；有人认为百慕大区域有着类似宇宙黑洞的现象。

此外，还有次声破坏论、空气湍流论等种种说法，但这些解释也都是种种假说，既缺乏足够的科学依据，也不能让人们普遍接受。百慕大这个黑洞，人们至今还没有看到谜底。

青铜古剑

在举世闻名的"世界第八大奇迹"——秦始皇兵马俑二号俑坑中，考古学家发现了一批青铜剑，长度为86厘米，剑身上共有八个棱面。考古学家用游标卡尺测量，发现这八个棱面的误差不足一根头发丝细。这批青铜剑内部结构致密，剑身光亮平滑，纹理无交错，它们在黄土下沉睡了两千多年，出土时依然光亮如新、锋利无比。

这批宝剑被挖掘出来后，迅速送到了有关的研究单位，科研人员对其进行了现代化的科学测试。结果发现，在这些剑的表面，有一层10微米厚的铬盐化合物。

这一发现立刻轰动了世界，因为这种铬盐

氧化处理方法，只是近代才出现的先进工艺，德国在 1937 年，美国在 1950 年先后发明并申请了专利。事实上，根据有关专家的分析和研究，关于铬盐氧化处理的方法，绝不是秦始皇时代的发明，早在春秋战国时期，中国人就已经掌握了这一先进的工艺。在清理一号坑的第一个洞时，考古工作者发现一把青铜剑被一尊重达 150 公斤的陶俑压弯了，其弯曲的程度超过 45 度。当人们轻轻移开陶俑之后，一个奇迹出现了——那柄又窄又薄的青铜剑，竟在一瞬间反弹平直，恢复原样。

有一支考古队在挖掘春秋古墓时，意外地发现了一把沾满泥土的长剑，剑身上一行古篆——"越王勾践自用剑"跃入人们眼帘。

这一重大的考古发现立即轰动了全国。但是，更加轰动的消息却来自古剑的科学研究报告。最先引起研究人员注意的是：这柄古剑在地下埋藏了两千多年，为什么没有生锈呢？为什么依然寒光四射、锋利无比呢？通过进一步的研究发现，"越王勾践剑"千年不锈的原因在于剑身上被镀上了一层含铬的金属。大家知道，铬是一种极耐腐蚀的稀有金属，地球岩石中含铬量很低，提取十分不易。再者，铬还是一种耐高温的金属，它的熔点大约在1857℃。难道中国古代就早已经掌握了提炼铬的高超技术，而且在冶炼方面已经达到炉火纯青的地步了？

中华文明中曾有过太多的秘密，谁能想象，20世纪30年代的科学发明，竟然会出现在公元前二百多年以前？

恐龙灭绝之谜

　　在我们的印象中，恐龙一直是一种高大凶猛的动物，这种猜测和想象是人们根据许多的恐龙标本和化石，以及在研究地球生物演变历史后推测出来的，谁也没有看见过真正的恐龙。

　　不过，专门研究恐龙的科学家告诉我们，在中生代，地球曾经被恐龙主宰，无论是平原森林还是沼泽，到处都可以看见恐龙的身影。

　　恐龙在地球上一共生存了一亿三千多万年，可是，不知为什么，后来恐龙竟然全部都灭绝了，一只不剩地永远从地球上消失了。是什么原因让这些曾经的地球霸主突然完全消失了呢？

　　有的科学家认为恐龙的灭绝是由于气候变冷。在白垩纪末期六千五百万年前，整个地球发生了广泛性寒冷，温差增大。恐龙习惯热带环境的生活，不能像蛇、蜥蜴那样进行冬眠，又不能像其他动物那样能躲进山洞里避

寒。因而无法抵抗和适应寒冷的袭击，最后被大自然毫不留情地淘汰了。

有的科学家断言，恐龙灭绝还因为是地壳运动的结果，大约在七千万年前，地球发生了一次强烈的地壳运动，使一些盆地隆起，浅丘出现，因而造成水源枯竭。同时海底也发生了巨大的变化，海平面下降了三百多米，亚洲、北美洲之间的陆地开始连接起来，大量动物迁移到恐龙栖息地，使食物供应发生困难，以至恐龙处于"断粮"的地步，在严重的饥荒中逐渐死亡。

也有的科学家提出恐龙灭绝是由于星球碰撞爆炸引起的。在白垩纪后期，有一颗直径约十千米的小行星，与地球猛烈相撞。撞击时速度约为每小时十万千米，撞击时扬起了巨大的尘土，尘埃飘浮在大气中，以至遮蔽了阳光，使地球上持续一段时间内一片黑暗，气温骤降，植物的光合作用停止，植物枯萎，"食物链"中断，恐龙纷纷死去。

恐龙灭绝缘于种间竞争、种内竞争——这是另外一些科学

家的看法。他们认为，在恐龙时代，出现了繁殖力极强、头脑发达的肉食类动物，它们大量偷吃恐龙下的蛋，因而导致恐龙"断子绝孙"。这种"一物降一物""弱肉强食"的现象，导致了恐龙的最终灭绝。

以上种种说法虽都有一定道理，但没有一种说法能自圆其说，也得不到科学界的完全肯定。总之，这个生物进化史上的奥秘，至今还没有完全被揭示。

会唱歌的沙丘

　　我们都知道，人会唱歌，并能发出各种声音，如男高音、女高音、男低音等等；动物也有会唱歌的，像黄鹂、百灵鸟等等；小溪也会唱歌，"哗啦啦，哗啦啦"，可从来没有听说过沙漠里还有会唱歌的沙丘。

　　不过这却是真的，当风吹沙舞的时候，辽阔的沙漠上就会

回响起各种美妙的音乐。中国内蒙古鄂尔多斯高原的库布齐沙漠上，就有一个神奇而迷人的"响沙湾"。

人们发现，这种悦耳动听的声音，只有在风和日丽或风沙起舞的时候才会出现，而且沙粒越干燥声音就越大。在潮湿的天气、雨天或冬天，沙漠则通常寂静无声。那么，究竟是什么原因使沙子发出这动人的"音乐之声"呢？科学家们的猜想和解释多种多样。一种说法认为声音是由沙粒带电产生的：由于挤压摩擦的关系，沙粒带有静电。一遇外力，互相碰撞，就会产生放电现象，从而发出声音。

另一种说法认为在沙丘里有一层湿沙层，当沙丘发生崩塌时，由于沙层的流动，形成了波浪形表面，表面又将震动传给湿沙层，湿沙层就会产生一种像乐器发音一样的振动，从而发出声音。

　　还有人认为沙粒空隙间的空气运动构成了一个音箱，当沙丘崩塌时，空气在空隙间进进出出，就会引起空气的振动。当振动的频率与这个无形的音箱共鸣时，就会发出声音。

　　更有人企图用温度的升降理论以及沙丘的不同运动形式来解释这一大自然的奥秘。然而，尽管无数的科学家们绞尽了脑汁，但至今仍未找到其准确的原因。

失落的玛雅文化

在世界古代文明史上，玛雅文明带给我们了最大的迷惑。没有谁知道它来自哪里，似乎是从天而降，悄无声息来到地球上的，也没有人知道它是什么时候消失的？在它最为辉煌繁盛之时，又戛然而止，悄然消逝。璀璨的玛雅文化也随之突然中断，给世界留下了巨大的困惑，成为了世界上著名的难解之谜。

自从 1839 年美国人在洪都拉斯的热带丛林中发现玛雅古文明遗址以来，世界各国考古人员在中美洲的丛林和荒原上共发现了 170 多处被弃的古代玛雅城市遗

迹。这个神秘的民族在南美的热带丛林里建造了一座座规模令人咋舌的巨型建筑。雄伟壮观的提卡尔城、建于公元 7 世纪的帕伦克宫、乌克斯玛尔的总督府、奇琴·伊察的武士庙等雄伟宏大的建筑，仍然让人震撼于当年玛雅人的气魄。

随着对玛雅文化的进一步考察，人们又惊奇地发现，几千年前的玛雅人竟有着无与伦比的数学造诣，有着独特的、谜一样的文字。那些巨型建筑也并非出自玛雅人实际生活的需要，而是严格依照神奇的玛雅历法周期建造的。

1952 年，在玛雅古城帕伦克一处神殿的废墟里，人们又发掘出了一块刻有人物和花纹的石板，美国宇航科学家们认为，帕伦克那块石板上雕刻的，是一幅宇航员驾驶着宇宙飞行器的图画！

这使人们产生深深的疑问：古代玛雅人是怎么得到那些高深知识的？灿烂的玛雅文化究竟是怎样产生的，后来又是怎样消声匿迹的？这也许会成为人类永远的迷惑。

失落的大西洲

几千年来，在美洲、非洲和欧洲民间，广泛流传着一个古老的传说：相传在遥远的古代，地球上有一块独特而神奇的大陆——大西洲，那里气候温和，土地肥沃，森林茂盛，风景绮丽。但在很多年前，这个人类的理想国——也就是人们常说的大西洲，于"悲惨的一昼夜"间沉没于大海深处。大西洲位于大西洋中心附近，大西洲文明的核心是亚特兰蒂斯大陆，传说中的亚特兰蒂斯是"人间天

堂""人间乐园"。大陆上有宫殿和希腊神话中的海神波赛冬的壮丽神殿，所有建筑物都以当地开凿的白、黑、红色的石头建造，美丽壮观。此外，大陆上还建有造船厂、赛马场、兵舍、体育馆和公园等等。首都波赛多尼亚的四周，建有双层环状陆地和三层环状运河，还有冷泉和温泉。

19世纪中期，美国考古学家德奈利经过毕生努力，出版了他的研究成果《亚特兰蒂斯——太古的世界》，一共提出了有关亚特兰蒂斯大陆的十三个纲领：

1.远古时代，大西洋中确有大型岛屿，那是大西洋大陆的一部分；

2.柏拉图所记述的亚特兰蒂斯故事的真实性不容怀疑；

3.亚特兰蒂斯是人类脱离原始生活，形成文明的最初之地；

4.随着时间的推移，亚特兰蒂斯人口渐增，于是那里的人们迁移到了世界各地；

5.圣经《创世纪》中所描述的"伊甸园"，指的就是亚特兰蒂斯；

6.古代希腊及北欧传说中的"神"，就是亚特兰蒂斯的国王、女王及英雄；

7.埃及和秘鲁的神话中，有亚特兰蒂斯崇拜太阳神的遗迹；

8.亚特兰蒂斯人最古老的殖民地是埃及；

9. 欧洲的青铜器技术源自亚特兰蒂斯；

10. 文字中许多字母的原形，源自亚特兰蒂斯；

11. 亚特兰蒂斯是塞姆族、印度和欧洲各民族的祖先；

12. 一万二千年前，亚特兰蒂斯因地壳运动而沉没于海中；

13. 少数居民乘船逃离，留下了上古关于大洪水的传说。

德奈利的十三个纲领，似乎可以回答包括《圣经》在内的一大批早期人类活动的疑问。

那么有关人类各种超文明的记录也应是可信的了？但科学上还未最终认可，所以我们还得等待最后的结论。

球形闪电

闪电本来是一种自然现象，很容易在夏天特别是暴雨来临之际出现。

当我们看到乌黑的天空有金色的闪电在飞舞，伴随着"轰隆隆"的雷声时，甚至能感觉到一种特别的震撼美。可是，下

面我们要介绍的闪电那可就是人类的灭顶之灾了。

1978年8月17日，五名登山运动员在苏联西高加索山区的特拉佩齐亚山过夜，国际登山运动健将卡乌年科夜间突然醒来，看到一个网球大小的橙色火球在离地约一米高的地方沿着帐篷游动。突然，火球"钻入"了一个登山队员的睡袋，并立即发生了爆炸。这名队员当场被炸死，帐篷里其余的队员也受了伤。

1981年，苏联飞行员科罗特科夫驾驶的喷气式飞机正以每小时520千米的速度飞行，一个直径约5厘米的大火球出现在飞机前，在飞机前面飞行了一段时间后。突然，这个火球"钻进"了机舱，在穿过了整个机身后，在飞机尾部爆炸，炸坏了外壳板，并迫使发动机停止转动。

1981年，一架伊尔-18型客机遇到一个更为神秘的球形闪电。当时天气晴朗，雷雨云距离航线有四十千米远。当客机上升到一万二千米高空时，一个直径为10厘米的大火球突然闯入飞机驾驶舱。

这个球形闪电发出震耳欲聋的爆炸声后，旋即消失。可是几秒钟后，它却令人难以置信地通过了密封的金属舱壁，在乘客座舱内重新出现。

球形闪电在惊讶的乘客们头上缓慢地飘浮过去，到达后舱时分裂成两个光亮的半月形火球，随后又合并在一起，最后发出一个不大的声音，离开了飞机。

飞机内部没有任何损坏，乘客也没有受到任何伤害，但机上雷达和部分仪表却失去了功能，飞机紧急着陆后，才发现飞机头部外壳板和尾部都有一个窟窿。

　　半个多世纪以来，人类记录了四千多次有关球形闪电的现象。这些发着耀眼的黄色、白色或橙色亮光的球体行动十分诡秘，它们可以穿过玻璃窗和金属隔板，也可以从电话听筒和电源插座里"钻出来"；它们可以爆炸开来，也可以不引起任何灾难而突然消失。

　　究竟这个让人类防不胜防的球形杀手是如何产生的呢？如何才能有效地避免它呢？科学家们正在进行紧张的研究，也许在不久以后，这个让人恐惧的杀手，会变成我们取之不尽的能量源泉。

人体生物钟的奥秘

地球上的事物总是按照一定的规律和节奏在不停地运转着，就如太阳的朝起夕落，天上的斗转星移，人们的上班下班等等，总有一个时间的控制。

然而，当我们不借助闹钟的时候，依然也会在清晨准时起床，这说明在人体内有一种生命的节奏，类似时钟的结构，指挥着人体的生理活动，这在科学上就被称为人体生物钟。

那么，这个神秘的生物钟究竟在人体的哪个部位呢？它又是通过什么原理进行工作的呢？也许下面的解释会给你一些些帮助。

世界各国科学家都对此进行了长期的、大量的研究工作。根据美国科学家的研究，发现在人的脑垂体下面有一串神经细胞，它们控制着人体的生命节奏，如果它们受到损伤，人体的节奏就会被打乱。

至于这些细胞的工作原理以及更深层次的问题，还得等待今后研究工作的继续推进了！

日本的科学家同时也发现，人体的生物钟与时钟之间存在着一定的时差，人体生物钟的周期是 24 小时 18 分钟，这就意味着它每天比时

钟慢 18 分钟，那么这种不同步会不会形成积累而导致人类生活规律失常呢？目前对此还没有一个正确的解释，也没有一个最终的说法。

有人说光线具有一种特殊的作用，它会通过影响人体激素和体温等方式，来自动调节人体的生物钟，从而使它得以修正。如果这种说法成立的话，那么对于今后人们调整时差，以及有不同生活和工作方式的人来说，无疑是一个好消息了！

来历不明的大脚印

　　人类虽然已经发展到现代的高度文明，但是对人类历史的探究却从来没有停止过。

　　1930 年，在肯塔基州的一处山顶上发现了早期人类的足迹，这些印在古生代的沙石海岸上的足迹，引起了科学家们的广泛重视。

　　贝利欧学院的地质系主任保罗博士对这些足迹进行了仔细的研究，研究结果表明，早在二十五亿年以前就有一批"人"

在这里活动，他的这项研究整整持续了二十多年。

1953 年 5 月 24 日，他对《路易斯维尔评论报》的记者说："三双脚印，明显地可以看到是右脚和左脚的脚印，足部的位置与现代人留下的非常相似。"记者问："会不会是其他动物的脚印呢？"保罗博士说："不会。这块保留足迹的岩石至今尚在，这里并没有发现前脚的印痕，如果动物从这里爬过去的话，就一定会留下前脚的脚印。何况，有的足印还穿着将近 18 厘米长的'鞋子'哩！"

那么，这可不可能是后来人类留下的足印呢？譬如说，是古代印第安人或是其他原始人雕凿或"伪造"的呢？保罗博士说：

"基本上可以排除这种可能性，研究表明，在这里根本没有任何雕凿或是切割的痕迹。"

他还和另外两名物理学家借助显微镜，测算了单位面积的沙粒，从测量的结果来看，脚印内的沙粒密度大于脚印外的沙粒密度，由此也可以推断，脚印确实是踩上去的。

谁都知道，二十五亿年前，这一带是大型两栖类动物的天下，而人类的出现，仅仅是二三百万年前的事儿，这些脚印，究竟会是谁的呢？

四度空间

在中国的神话传说中，聪明的孙悟空可以一个筋斗云翻到十万八千里以外，可见这美猴王的神通广大。虽然是个神话，却也体现了古代人们的丰富想象力。但是，现在有很多资料都能证实，像这种时空转移的事是真实存在的。

1934年，在美国菲拉狄尔菲亚港，有一艘满载官兵的驱逐舰，正启程向远海驶去。突然，一阵波涛袭来，还没等司舵把稳方向盘，转瞬间，这艘船却神奇地在弗吉尼亚洲东南部的诺福克海港出现了。

舰长、大副、领航、司舵和水手们个个睁大了眼睛，面面相觑，谁也不知道发生了什么事情，舰

长紧蹙双眉地纳闷着，菲拉狄尔菲亚港和诺福克港之间距离五百多千米，在短短的时间里，怎么可能由一个港口航行到另一个港口呢？

况且大副、领航、司舵又没有失职，层层控制着这艘船，但怎么会发生这种不可思议的事情呢？真是莫明其妙……像这种怪事，世界上已发现过多次，这引起了许多科学家的注意。科学家认为：地球和某种神秘世界之间，存在着一种不可捉摸的通道。通道的两边是两个不同层次的世界。研究这种现象的人，把藏在通道另一侧的神秘世界，称作"四度空间"。

宇宙是无穷无尽的，在浩瀚无边的宇宙中，一定还蕴藏着无数的秘密。随着科学家们对"四度空间"的深入探索，将来一定会揭开这"神秘世界"的更多谜底。所谓"四度空间"的奥秘，必定在不久的将来被人类所认识和利用。

海水是从哪里来的

辽阔的海洋，一望无垠，深不可测，占地球表面近 3/4 的面积，占地球总水量的 96.53%。然而，这众多的水是从哪里来的呢？

人们最初认为，这些水是地球上固有的。当地球从原始太阳星云中凝聚出来时，便携带有这部分水。

起初它们以结构水、结晶水等形式贮存于矿物和岩石之中。以后，随着地球的不断演化，轻重物质的分离，它们便逐渐从矿物、岩石中释放出来，成为海水的来源。譬如，在火山活动中总是有大量的水蒸气伴随着岩浆喷发出来。

然而，这种解释也有不够完善的地方，科学家们依然还在为揭开海水来源之谜而继续努力地工作。

　　究竟海水最初是怎样来的，这将是萦绕在科学家心头的一个谜！

金字塔的秘密

　　坐落在埃及首都开罗附近的胡夫大金字塔，是众多埃及金字塔中最大的一座，大约修建于公元前 2650 年至公元前 2500 年间。大金字塔高 137 米，占地 0.53 平方千米，由 260 万块巨石建成，用石料 625 万吨，每块巨石平均重 2.5 吨，这是一座重达 700 万吨的巨大建筑，而它却是在没有任何现代机械帮助的条件下修建完成的。尽管如此，大金字塔却建造得异乎寻常的精确，就是在现代技术条件下都难以做到。

　　大金字塔底部的每边长约 230 米，倾角为 52 度，这些数据已经显示了这座建筑物的构造是多么精确，其设计已经达到了相当的精度。金字塔底边方形的南北两边长度仅相差 0.09%，东西两边仅相差 0.03%。

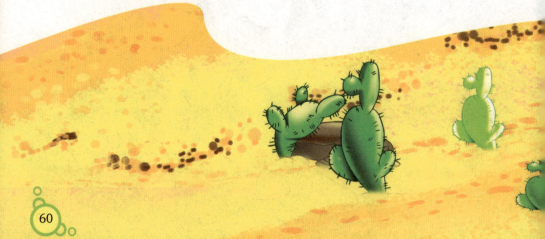

这座巨大而雄伟的古代建筑，坐落在由磨光了的石块铺筑而成的广阔地面上。它的建筑方向均精确地指向正东、正西、正南以及正北。

在当时并不发达的科技水平和技术条件下，我们很难想象当时的人们是如何测得如此精确的方位的。

当然，我们知道，根据太阳光对金字塔的照射投影，可以知道时令的变化并编制出精确的历法，难道古代埃及人就曾经利用金字塔进行过天文观测吗？

　　大金字塔还有许多神奇的地方，比如它的长度是根据地球的旋转大轴线的一半长度确定的，大金字塔的底边是地球旋转大轴线一半长度的百万分之十；还有，大金字塔的选址更颇有意味——子午线正好从金字塔中心穿过，也就是说它座落在子午线的中间。

　　另外，在大金字塔里，那间放置法老灵柩的墓室，其尺寸比例为2:5:8 和 3:4:5，这组数字正好是座标三角形的公式。我们知道这个公式的发明人是古希腊的哲学家毕达哥拉斯，而在他诞生的时候，古埃及的金字塔早已建好 2000 年了。难道那时候古埃及金字塔的设计者们就已经掌握了这些高超的数学知识了吗？

那么金字塔又是怎样建成的呢？到现在也没人知道，人们历经了数世纪的探索，也只是掌握了一点粗浅的认识，没有一个完全令人信服的说法。

　　而在古代埃及，没有任何一个工匠、建筑师和法老就金字塔的建造留下只言片语，民间也没有任何传说。这座雄伟而神秘的建筑物已经成为一个永恒的谜，困绕着科学迷们。

厄尔尼诺

在秘鲁南北狭长、宽度仅 30 千米~130 千米的滨海地区，地面广泛分布着流动的沙丘，属于热带沙漠气候，该地区平均气温超过 25℃，年降水量不足 50 毫米，南部低于 25 毫米，气候炎热干旱。但有的年份降水量会突然成倍增长，沙漠中会长出较茂盛的植物，并能开花结果。

这种现象被称为"沙漠开花"。那么，沙漠里的植物为什么会开花呢？海洋气象学家认为，这与"厄尔尼诺"现象的出现有着密切关系。所谓的"厄尔尼诺"是西班牙语"圣婴"的意思，因为它大约每隔 2 年至 7 年发生一次，但每次都发生在圣诞节前后，所以美洲人给它取了个原意不错的名字"圣婴"——"厄尔尼诺"。

然而，"厄尔尼诺"却不像它名字那样温柔可爱，反而给人类带来了一系列的灾难。它一旦发生，一般要持续几个月，甚至一年以上。

它除了使秘鲁沿海气候出现异常增温多雨外，还会使澳大利亚丛林因干旱和炎热而不断发生火灾；北美洲大陆热浪和暴风雨竞相发生；夏威夷遭受热带风暴袭击；印尼的森林大火；

大洋洲和西亚多发生严重干旱；非洲会大面积发生土壤龟裂；欧洲会产生洪涝灾害；中国南部也会发生干旱现象，沿海渔业减产，全国气温偏低，粮食会大面积减产……

1982 年至 1983 年，地球上发生了一次严重的"厄尔尼诺"现象，它使世界上 1/4 的地区受到危害，全世界经济损失估计达 80 亿美元。

"厄尔尼诺"现象是怎么发生的呢？科学上有这样一种解释，在赤道南北两侧温度较高的海面，由于常年受到东南信风和东北信风的吹拂，形成了两股自东向西的洋流。

从南半球太平洋东部不断流出的海水，与南美沿岸大洋下部不停上翻的冷水形成了太平洋海面水温西部高东部低的"翘板"状态，也给海洋生物带来大量的养料。

太平洋东部秘鲁沿海的鱼和海鸟多年来安居在这一较冷的海域之中。从东向西流去的两股赤道洋流在到达大洋彼岸后，有一部分形成反向的逆流，再横越太平洋向东流去，这股暖性的逆流叫赤道逆流。但是，有的年份由于南半球的东南信风突然变弱，使得南赤道洋流也变弱，太平洋东部上升的冷水减少，而更多的暖水随赤道逆流涌向太平洋东部。

这样，太平洋海面的水温"翘板"就变成东部高西部低了。然而，"厄尔尼诺"的发生机制还是一个谜，产生这种现象的原因到目前还不清楚。不过，科学家们对这一现象的研究并没有停止。

夏威夷大学的地震学家沃克指出：自 1964 年以来，五次"厄尔尼诺"的发生时间都与地球的两个移动板块之间的边界上发生地震这一周期现象吻合。但它们之间有没有因果关系，还有待于做进一步的探讨。

还有的科学家提出"厄尔尼诺"与一种叫"南部振荡"的全球性气候变化体系有关，从而影响了南半球的信风强弱。

一个名叫 70GA(热带海洋和大气层)的国际性研究计划正在探索"厄尔尼诺"之谜。

楼兰古国的消失

    楼兰古国是中国西域古丝绸之路上一个强悍的小国。早在公元前许多年就已经存在，曾经一度十分繁荣、富强。可是在公元3世纪后，楼兰古国却神秘地消失了，楼兰王国的兴亡和它边上的罗布泊都成了一个巨大的谜。

    1988年10月2日，中国和日本组织了一支联合探险队，到达沙漠之中的楼兰遗址，目的是解开这个神秘消失的古国之谜。探险队从敦煌启程，进入沙漠，徒步行进在起伏流动的沙丘中，终于在沙漠深处发现了一些楼兰古国遗留的佛塔和房舍残迹。遭受风沙侵蚀的佛塔、房舍、墙壁和日常用具等，在星月辉映中展现了往昔的风采。探险队对楼兰人消失之谜获得了一些初步的线索，后来根据进一步的考察和研究，人们对楼兰古国的情况进行了大胆的推测。

楼兰总共有十二个村，几万人左右，他们在部落首领的带领下，平平安安、快快乐乐地生活着。可是在一千多年前发生了一次瘟疫，许多楼兰人在瘟疫中失去了生命，一部分幸免于难的人就取道南边的夏康利迁移到米兰，从此以后楼兰国便逐渐消失了。而居住在罗布泊附近的楼兰人为了寻找水源，也不断变更居住地。但由于天气变暖，沙漠风暴增多，湖泊干涸了，这些楼兰人后来也到了米兰。这种推测虽然有一定的依据，却没有得到广泛的认同。关于楼兰古国的神秘消失原因，科学家和考古学家们仍然在继续进行探究。因此，楼兰古国消失的真正原因，仍是一个谜。

奥梅克人之谜

　　位于科泽科克斯市西南方的圣罗伦佐，正好坐落在奥梅克文化遗迹——"蛇神避难所"的中心。奎札科特尔的神话和传说经常提到这个地方。不过，没有人知道奥梅克人的文明究竟兴起于何时。

　　为了揭开这个谜团，考古学家使用碳–14鉴定法，已经测出年代最古老的奥梅克遗址就坐落在圣罗伦佐地区。根据鉴定结果，这处遗迹的历史可追溯到公元前1500年左右。然而，在那个时期之前，奥梅克似乎已经发展成熟，而且没有迹象显示，奥梅克文化的发展是在圣罗伦佐地区进行的。

　　奥梅克人曾经建立了辉煌的文明，进行过大规模的工程计划。

　　他们有高超的技艺，有雕琢和处理巨大石块的能力，他们遗留下的人头像，有些用一整块巨石雕成，重

达 20 吨以上。石材是在图斯特拉山中开采，沿着 96.5 千米长的山路运送过来的。让考古学家百思不得其解的是：五尊巨大的、显露黑人五官特征的人头雕像——即今天考古学界所称的"奥梅克头颅"——被刻意埋藏在地下，以一种独特的形式排列在这些奇异的、充满宗教色彩的坟墓里面。如果不是在圣罗伦佐地区，那么，奥梅克人的先进科技知识和高度组织能力，究竟是在什么地方发源、发展和成熟的呢？

不可思议的是，尽管考古学家一再努力挖掘，在墨西哥，甚至在整个美洲，他们却始终找不到任何迹象和证据，显示奥梅克文化曾经有过"发展阶段"。这个最擅长雕刻巨大黑人头像的民族，仿佛是从石头里蹦出来似的，突然出现在墨西哥。

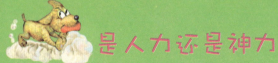

是人力还是神力

离黎巴嫩首都贝鲁特二十多千米就是草木茂盛的高原。在高原上的贝尔拜克市，残存着古罗马庙宇的遗迹。这些庙宇坐落在高台上，建于公元 1 世纪，历来以建筑精美著称。庙宇四周的高原景色非常秀丽，令人神往。更加引人入胜的是环绕庙宇的巨大石墙，迄今还没有人能解释这堵石墙是怎样筑成的。

墙的西端平放着三块世界上最大的石板，不过我们很难想像，在远古时代，这些巨大的石板是如何被运送和放置上去的。就算使用最先进的机械，也难以把石板搬运到现在的位置，然而这些石板放在那里已将近两千年了。

罗马帝国的工程技术诚然高明，但是在别处从没发现过古罗马人再次运用这种惊人的技术。

三块石板大得异乎寻常，合称"三巨石"。假如竖起来，每块石板都有五六层楼那么高。最大的一块长约21米，宽5米，厚4米，重近百吨。石板从一千米外的采石场运到贝尔拜克，再吊高 8 米左右，安放在由较小石块砌成的高台上。

即使是今天使用工业用的起重机，完成如此巨大的工程也有难度。三块石板安放得极其准确，石板之间连刀刃也插不进去。难怪以前的人们都认为，石板一定是由魔鬼劈好，搬到那里去的。今天仍有人相信这不是人力所为。

更加神秘的是，采石场里还有一块石头，比那三块更大，重近 1000 吨。没有人知道在修建庙宇时为何没有用上那块巨石。总之，人们是如何搬动这些巨石的，至今仍是一个未解之谜。

海洋形成之谜

　　地球上的水究竟是从哪里来的？讨论这个问题，实际上就是讨论海洋形成的问题。然而，直到今天，科学界一直存在着不同的看法。

　　多数的看法认为，大约在 50 亿年至 55 亿年前，原始的地球是一个没有生命的世界。在地球形成后的

最初几亿年里，由于地壳较薄，加上小天体不断撞击地球表面，地幔里的岩浆容易上涌喷发，随同岩浆喷出的还有大量的水蒸气、二氧化碳，这些气体上升到空中并将地球笼罩起来。水蒸气形成云层，产生降雨。经过很长时间的降雨，在原始地壳低洼处，不断积水，形成了最原始的海洋。原始的海洋海水不多，约为今天海水量的 1/10。

随着地质历史的沧桑巨变，水量和盐分逐渐增加，原始的海洋就逐渐形成如今的海洋，这是一种有代表性的说法。

还有一种说法是，海水来自冰彗星。这是美国科学家提出的一种新的假说。这一理论是根据卫星提供的某些资料得出的。

1987 年，科学家通过卫星获得高清晰度的照片。在分析这些照片时，发现一些过去从未见到过的黑斑，或者说是"洞穴"。

科学家认为，这些"洞穴"是冰彗星造成的。而且初步判断，

冰慧星的直径多在20千米左右。大量的冰彗星进入地球大气层，经过数亿年的演化，地球表面将得到非常多的水，于是就形成了今天的海洋。

海洋是如何形成的？地球上的水究竟来自何方？只有弄清了太阳系和地球起源的问题，才能知道海洋起源之谜。

外星人之门

在海拔三千多米的安第斯高原上，有一座前印加时期的蒂亚瓦纳科文化遗址。这是一个散落在长 1000 米、宽 400 米的台地上的大遗迹群，地处太平洋沿海通往内地的重要通道上，遗址被一条大道分为两半，大道一边是占地 210 平方米，高 15 米的阶层式的阿加巴那金字塔。

该建筑至今仍完好无损，四周有坚固的石墙，里面有阶梯

通向地下内院，西北角坐落着美洲古代最卓越、最著名的古迹之一——太阳门，它被视作蒂亚瓦纳科文化的最杰出的象征。

作为该文化的代表——太阳门，用重达百吨以上的整块巨型中长石雕刻而成，高 3.048 米，宽 3.962 米，中央开凿了一个门洞。门楣中央刻有一个人形浅浮雕，人形神像的头部放射出许多道光线，双手各持护杖，在其两旁有三排 48 个较小的、生动逼真的雕像，其中上下两排是面对神像的带有翅膀的勇士，中间一排是人物化的飞禽，浮雕展现了一个深奥而复杂的神话世界。这块巨石在发现时已残碎，1908 年经过整修，恢复旧观。据说每年 9 月 21 日黎明的第一缕曙光总是准确无误的射入门中央。在印加人创造蒂亚瓦纳科文化年代，在这云雾缭绕峭拔高峻的安第斯高原上建造起如此雄伟壮观的太阳门，是不可思议的。

16 世纪中叶，西班牙殖民者见到这座庄严的古建筑时，曾认为是印加人或艾马拉人造的。但艾马拉人不同意此说，认为太阳门更为古老，是太阳神维拉科查开辟天地时，建造了太阳门和蒂亚瓦纳科其他各种动人心魄的建筑群。

《欧美大百科全书》叙述了两种传说，一种说法是由一双看不见的手在一夜之间建造起来的；另一种说法是那些雕像原是当地居民，后来被一个外来朝圣者变成了石头。

长期定居在拉巴斯的奥地利考古学家阿瑟·波斯南斯基提

出一个假想，认为该文化年代可上溯到一万三千年前，它建在一个巨大的湖边，湖水来自融化了的冰河期的冰川，由科拉族缔造了史前期的城市，太阳门是个石头日历，后来火山爆发或其他自然灾祸毁灭了这座古老城市和它的文明。

这些无法证实的说法至今也只能是一个神话而已。

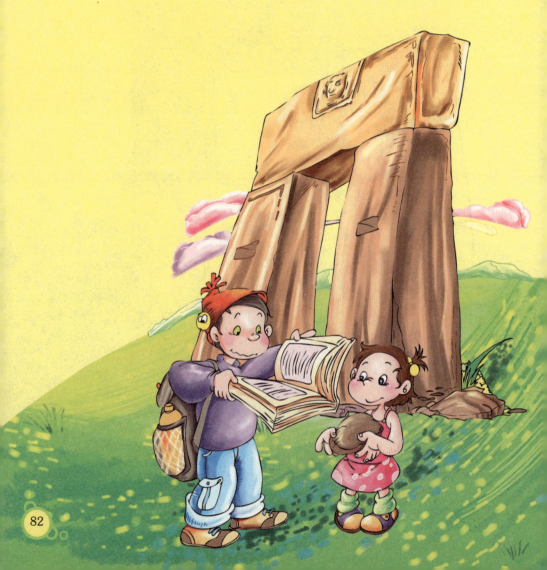

非同寻常的国王谷

在尼罗河西岸，有一处神秘的国王谷，又称帝王谷，据说这里是毕班·埃尔穆鲁克的帝王陵墓群，它与卢克索和卡纳克隔河相望，背靠底比斯山西麓的峭壁，地点十分偏僻，一般人很难进入此处。

从托特米斯一世开始，埃及法老们就不再修造金字塔作为自己的陵墓，而是在那石灰岩壁上开凿了一条坡度很陡的隧道作为墓穴。在此后的五百多年间，古埃及各代法老的木乃伊都埋葬于国王谷。后来，希腊人看见那长长的通往墓穴的隧道，

觉得很像牧童吹的长笛，就
把这种岩穴陵墓叫做"笛穴"。
国王谷陵墓群的发现，为后
来研究古埃及历史提供了丰
富的资料，也为全球多个国
家的博物馆充实了大量珍贵
的古埃及文物藏品。

　　自古埃及国王托特米斯
一世的木乃伊安葬于国王谷之后，五百多年来，历代法老的木
乃伊随同无以计数的财宝相继聚集于国王谷。这里不仅成了法
老的王国，同时也埋葬着古埃及的文明。地面上到处耸立着巨
大的柱廊和寺庙，静静地陪伴着地下的木乃伊，构成了一个阴
阳交相辉映的神秘世界。但时至今日，人们仍无法准确地知道，
国王谷究竟埋葬着多少木乃伊，更无法准确地知道隐藏于地下
的古埃及文明宝藏。这一切使国王谷对于人类而言，具有永久
的诱惑和魅力。

　　为什么古埃及法老会突然停止修造金字塔作为自己永久的
居所，而把自己的陵墓选择在鲜为人知的偏僻之地呢？是财富
的巨大付出已使法老力不从心？或是某种神谕的启示？今人就
不得而知了。

往高处流的水

奇观发生在中国新疆南疆克孜勒苏柯尔克孜自治州的乌恰。在距县城一百九十千米处有一条名叫什克的小河，这条小河呈南北走向，眼看着河水从上游的低洼之处沿着山坡像蛇一样逶迤向上流，最后竟爬上一个十几米高的小山包。河水在山包上转了两个弯，然后在山包的另一侧又顺着山坡向下游流去。

驻守在这个小山包上的解放军战士天天利用这股"神水"烧水、做饭、洗衣、浇地，只是弄不清楚这河水为什么竟往高处流。测绘人员曾专程来这里实地勘察，证实山包确实高出上游河面148米。奇观引来了国内不少地理、地质学家，他们亲临实地进行考察、研究，不过还没有得出一个最终的科学合理的解释。

报时的怪泉

位于美国西部洛基山脉的黄石公园，是美国最大的国家公园。公园内有一个世界闻名的间隙泉，又被称为"老实泉"。它每隔 60 分钟就喷发一次，每次喷射 4 分半钟，就像向游客报时一样，它从不失约，已经这样有规律地喷发四百多年了。这个间隙泉的喷柱高达 46 米，每次喷水量为 4 万多升。它那喷发时直冲云霄的壮丽情景和伴随而产生的轰鸣声常使游览者流连忘返。

在南美洲乌拉圭的南格罗湖畔，也有一个报时泉。它每天喷射 3 次。

第一次在早晨 7 点，第二次在中午 12 点，第三次在傍晚 7 点。由于这 3 个时间恰恰是当地居民吃早餐、午餐和晚餐的时间，因此，这个喷泉被人称为"三餐泉"。只要泉水一喷，人们就知道吃饭的时间到了。

　　为什么会出现这种情景，人们还不得而知。

非洲的石头城

在非洲的津巴布韦境内，有一处壮观而又神秘的石头建筑，被人们称为大津巴布韦遗址。津巴布韦这个词可能源于古老的班图语，意思是"受敬仰的石头城"。传说中，大津巴布韦遗址曾经是希巴皇后的首府，在公元 11 世纪到 15 世纪期间，这里商贾云集，文化经济十分繁荣，是当时重要的贸易中心。

大津巴布韦遗址主要包括三组建筑：早期的一些卫城，由一堵很高的石墙围成的椭圆形的庙宇，以及在卫城和庙宇之间河谷中的各类建筑遗址。

在这些雄伟壮观的石头建筑中，最引人注目的就是椭圆形的庙宇，它有一道周长约 256 米的椭圆形石头墙，高约 9 米。

在椭圆形的石头墙上，开了 6 个精美的入口，引领着人们进入迂回曲折的通道和台阶。

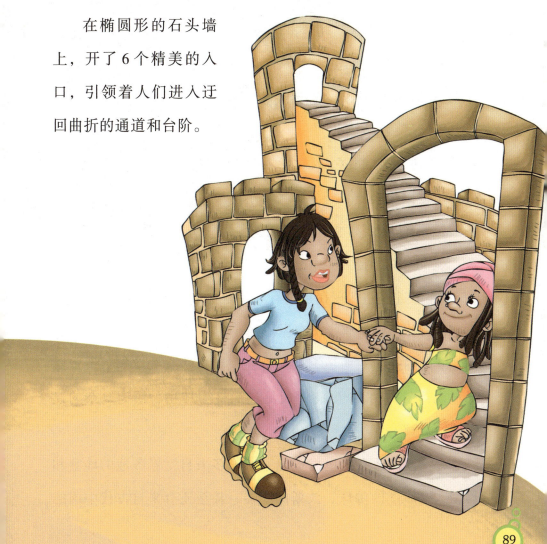

在围墙以内，还有第二道墙，长 91 米，呈渐开线状，最后连接到所谓的圣圈。在圣圈里还有一座圆锥形石塔，高 9 米，其底部直径约 5.5 米。不过人们到现在也没有弄清楚这座石塔是做什么用的？还有，为什么这座庙宇没有屋顶呢？

早期的探险家西奥多·贝特在观看这些石头建筑后，曾感叹地说："这是我今生有幸所见过的最为神秘、最为复杂的建筑结构了。"

考古家们还在这里发掘出来了许多来自世界各地的珍宝和器物，有印度的佛珠、波斯的金器，甚至还有来自古代中国的

瓷器，足见当时此地的繁华和昌盛。

究竟这些建筑是不是非洲人自己建造的？而这些神秘的建筑下面是否还埋藏着各种珠宝和秘密，它是不是传说中所罗门王的宝藏，人们依然无从知晓。

不过，根据目前掌握的资料看来，可以肯定的是，这些建筑一定是古代非洲人的杰作，而绝非外来民族所造。那里发觉出来的早期生产的陶器和人工制品，与现代班图人（现居非洲南部）的器具非常相似。

我们目前所了解的关于这座石头城的东西是有限的，它所代表的文化和文明，智慧和神秘，早已经随着岁月的流逝飘荡在历史的长河中了。至于古代非洲人为什么要修建这些石头建筑，大津巴布韦还有什么其他的秘密，也许随着科技水平的逐步提高，考古家和科学家们将会慢慢揭开人们心中的谜团。

巨人岛之谜

在浩瀚无垠的加勒比海上，有个神奇小岛，名叫马提尼克岛。从 1948 年起，十年左右的时间内，岛上出了一种令人们迷惑不解的奇异现象：岛上居住的成年男女每年都会长高几寸，成年男子平均身高竟达到 1.90 米，而成年女子平均身高也超过 1.74 米。岛上的青年男子如果身高不到 1.80 米，就会被同伴们耻笑为"矮子"。

更为奇特的是，不仅是岛上的土著居民，而且连成年的外人到该岛来居住一段时期后也会很快长高。不仅是人，岛上的蚂蚁、甲虫、蜥蜴和蛇等在从 1948 年起的十年左右时间都比正常的同类增长了约 8 倍，特别是该岛的老鼠，竟长得像猫一样大。

为了揭开"巨人岛"之谜，许多科学家千里跋涉，来到该岛长期进行探测和考察。他们提出了多种假说和猜测。

有人认为，在 1948 年，可能有一只飞碟或是其他天外来物坠落在该岛的比利山区，它会发射出使该岛生物迅速增长的一种性质不明的辐射光，而飞碟或其他天外来物的残骸就埋藏在该岛比利山区地下。

但一些科学家对上述说法持怀疑和否定态度，因为目前尚不能确定世界上究竟有没有飞碟或其他天外来物，而且这种有奇特"增高"功能的辐射光也没人看到过。

另外一些科学家认为，在该岛蕴藏着某种放射性矿藏，放射性物质使生物机能发生特异变化，因而"催高"了身体。

"巨人岛"的秘密究竟在哪里？仍有待科学家们去研究。

印加藏金之谜

在公元 15 世纪中叶，秘鲁利马附近的一个土著印第安人部落，建立起了一个强大的奴隶制国家——印加帝国。

据传说，印加人非常崇拜太阳神，他们看到黄金发出的光泽与太阳的光辉同样璀璨，因此特别钟爱黄金，总是千方百计地聚敛黄金。

传说中印加帝国的大量黄金藏在印加帝国"圣地"的的喀喀湖中。的的喀喀湖位于秘鲁和玻利维亚交界处的安第斯山脉中，湖面海拔高度为 3800 多米，面积为 8290 平方千米，水深一般在 20 米以上，最深处达 300 多米，是世界上海拔最高的可通航的淡水湖。

不过，历史上对的的喀喀湖进行无数次的探宝行动，均是以失败告终的，这动摇了人们对此地藏金之说的信心。

另外一种说法则是，印加帝国的大量黄金和珍宝，有可能埋藏在安第斯山脉中一个叫做马丘比丘的神秘城堡中。

1911 年，美国耶鲁大学研究拉丁美洲史的教师海勒姆·亚·宾厄姆，来到安第斯山考察。他的足迹几乎踏遍了大山密林中的每寸土地，后来，终于在离库斯科西北一百二十二千米处的两座峭峰之间，找到了这座传说中的马丘比丘城堡遗址。他发现古城堡地势险要，终年云雾缭绕，十分隐蔽。城堡内既有道路、广场、城门，也有宫殿、祭台。

城内的所有建筑几乎都是用浅色花岗石砌成的，每一块石头都差不多有一吨重以上。这里有一座祭坛的一个祭台，竟然是用一块一百多吨重的花岗石雕筑而成。城堡内还有许多用花

岗石砌成的房屋，整个城堡充满着扑朔迷离的情景。

　　海勒姆在古城废墟中夜以继日地工作，但是，令人遗憾的是，最终他却未能如愿以偿地找到印加人埋藏的巨量黄金。在海勒姆之后，又有不少世界各国的科学家曾经去马丘比丘考察。不过，他们的运气也并不比海勒姆好到哪儿去。他们使用的手段虽然各不相同，付出的劳动代价也大小不一，但是结果却是一样：谁也没有在这里找到任何有价值的线索，对这座古城堡究竟建于何年，仍然是一无所知。至于说这里到底是不是真正藏有印加帝国的大量黄金，那更是一个谜中之谜了。

　　看来，要想找到印加帝国的黄金，还得费更大的力气。或许，这个黄金的故事只是人们的一种猜想，其实它根本就不存在。

不锈铁柱

印度新德里的库杜夫·穆尔斯皮克寺庙的院子里竖立着一根高 69 米，重约 6 吨的装饰铁柱，当地人称之为"阿育王铁柱"。这根铁柱是一千六百年前笈多王朝为缅怀公元前的理想王阿育王建造的。姑且不说这根铁柱是如何铸造的，但是我们知道，铁是很容易生锈的，况且这根铁柱常年都暴露在空气中。可是，奇怪之处就在这里，这根铁柱却没有生锈。为什么呢？

冶金学家们推测，"因为当地的气候、铁的成分和形状等各种因素的结合导致了它的不锈。"这种说法非常的牵强，而且缺乏相应的科学依据。不过，当我们联想到印度古代的宇宙神话以及"空中喷火战车"的传说，是不是也会怀疑这可能是已经失传的古代高超技术之一呢？

火星尘暴之谜

你听说过沙尘暴吗？那是一种可怕的气象灾害。它是指强风把地面上的砂粒、尘土吹到空中，使空气混浊的一种天气现象。

不过沙尘暴并不是我们地球的专利，科学家研究发现，其实火星上也会出现沙尘暴，而且常常比地球上的沙尘暴猛烈得多。虽然是地球的近邻，火星与地球却有许多不同的特征。例如火星大气十分稀薄，因而无法像地球一样维持稳定的气温。白天时，火星上的温度迅速升高，热空气急速上升带动尘埃扬起。而尘埃一旦升

到空中，又会阻碍地面热量的散发，使得下方空气变得越来越热。与此同时，别处的空气快速跑来补充，从而形成强劲的地面风，并把更多、更大的尘粒吹起来，形成更大的尘暴，甚至使火星连续几个月陷入黑暗之中。直到尘暴把整个火星都笼罩起来，在尘埃的反射和散射作用下，太阳对低层大气和火星表面的加热作用减弱，地表附近的温差随即降低，风速减弱，尘埃不再扬起，尘暴也就结束了。

目前我们对火星沙尘暴还有很多不清楚的地方，比如火星尘暴的发源地为什么多集中在南半球？火星尘暴与火星气候之间的具体关系是什么？这些都有待科学家的进一步研究。

巨石之谜

地中海上的马尔他岛，位于利比亚与西西里岛之间。1902年，在首府瓦莱塔一条不引人注意的小路上，发生一件引起世人惊奇的大事。

有人在盖房时发现地下一处洞穴，后来人们才知道，原来这里埋藏着一座史前建筑。它由上下交错，多层重叠的多层房间组成，里边有一些进出洞口和奇妙的小房间，旁边还有一些大小不等的壁孔。中央大厅耸立着直接由巨大的石料凿成的大圆柱和小支柱，支撑着半圆形屋顶。整个建筑线条清晰，棱角分明，甚至那些粗大

的石架也不例外，没有发现用石头镶嵌补漏的地方。

天衣无缝的石板上耸立着巨大的石柱，整个建筑共分三层，最深处达十二米。在马尔他岛上的哈加琴姆、穆那德利亚、哈尔萨夫里尼，考古学家们也曾几次发现精心设计的巨石建筑遗迹。哈加琴姆的庙宇用大石块建造，也是最复杂的石器时代遗迹之一。有些"石桌"至今仍未肯定其用途。穆那德利亚的庙宇，俯瞰地中海，扇形的底层设计是马尔他岛上巨石建筑的特征。令人不可理解的是"蒙娜亚德拉"神庙，这座庙宇又被称为"太阳神"庙。

一个名叫保罗·麦克列夫的马尔他绘图员仔细地测量了这座神庙后发现，这座神庙实际上是一座相当精确的太阳钟。

根据太阳光线投射在神庙内的祭坛和石柱上的位置，可以准确地显示夏至、冬至等一年中的主要节令。马尔他岛的面积很小，仅246平方千米。但在这样一个小岛上，却发现了三十

多处巨石神庙的遗址。不少学者的研究表明，这些巨石建筑的建造者们在天文学、数学、历法、建筑学等方面都有极高的造诣。

这些不可思议的史前地下建筑的设计者是谁？在石器时代，他们为什么花费这么大的精力来建造这座巨大的地下建筑？人们百思不解。石器时代的马尔他岛居民真有这么高的智慧吗？如果真是这样，那么他们是怎样获得这些知识的呢？这一切至今仍没有人能够回答。巨石无言地耸立着，把一切神秘莫测的疑问保持在一片沉默中。

　　我们人类可以说是地球上最聪明的物种了，我们不但通过勤奋的劳动获得了万物之主的地位，更通过我们无与伦比的智慧征服了整个世界。智慧的源泉，也许就藏在我们的大脑里吧，至少目前大多数人都认可这个说法。但如果要说人脑的话，我们一定不会忘记科学泰斗爱因斯坦那个珍贵的大脑标本。

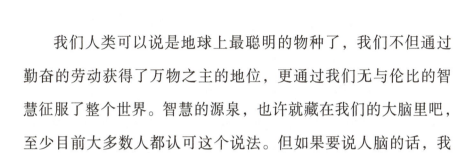

　　爱因斯坦是 20 世纪最杰出的科学巨匠，是天才中的天才，他提出的"相对论"总括了整个宇宙间的质量与能量以及质量与速度的关系。那么他的大脑是不是与常人不一样呢？1955 年，76 岁的

爱因斯坦与世长辞，一个由美国第一流脑外科专家组成的班子对他的大脑施行了解剖手术，结果令人非常失望。他的大脑从表皮层的结构、化学成分及容积大小来看，都跟普通人没有两样。爱因斯坦的智慧究竟在哪里？智慧素到底是否存在？人们似乎又走入了迷宫。

人类对科学的探索永远不会停步，科学家们经过近一个世纪的努力，已经基本了解了大脑的形态。大脑进行感觉、表达、记忆以及理解、推理、判断、想象等思维活动的基本组是脑细胞，也叫神经元，估计有一千亿个。每一个神经元平均含有一万个突触，也就相当于一万条线路。那么，整个人脑就像一台相当于拥有一千万亿条线路容量的高度精密的电子计算机，因此，人的大脑可以说是世界上最大的信息存储器。只是由于各种原因的影响，人脑接受信息的有效能力只占它总能力的百分之一左右。

与电子计算机一样，人脑活动时传递信息的媒介也是脉冲电波，即把来自外界的一切刺激、感觉、形象或抽象的概念先翻译成脉冲信号群。可是，当这种脉冲电波在神经元之间传递的时候，却要变成化学物质的形式，这就是胶质细胞。这是决定神经元之间信息传递能力的要素，可以使神经元产生长时间增强反应。

生物进化程度越高，胶质细胞占脑内细胞的比例越大。在同样条件下，每个人的胶质细胞的合成能力也不一样，有的人强，有的人弱，这就是天资的差别。然而，后天不断地学习和训练，可以明显加强神经元和胶质细胞的活动。"人脑越用越聪明""勤奋出天才"的道理就出在这里。

幽灵岛之谜

幽灵常常指的是那些神出鬼没、令人恐怖的四处游荡的鬼魂，实际上它们并不存在。但是，我们在这里要介绍的"幽灵岛"却是真实存在的。不过，这并不是说在这些岛屿上有许多的幽灵出没，而是根据这些岛屿的形成或分布形态予以"幽灵"的命名。这里所说的"幽灵岛"指的是海洋中行迹诡秘、忽隐忽现的岛屿，而并非是那种热带河流上常见的、因涨水或暴风雨冲走部分河岸或沼泽地而形成的漂浮岛。至于"幽灵岛"的成因与漂浮的形成有多大联系，这还有待于继续探讨。这里所提供的是令人困惑不解的"幽灵岛"现象，以及多年来人们对它所做的种种推测。

1707 年，英国船长朱利叶斯在斯匹次培根群岛以北的地平线上发现了陆地，但他总是无法接近这块陆地，他完全相信，这不是光学错觉，于是便将这块"陆地"标在了海图上。

过了近二百年，海军上将玛卡洛夫带领考察队乘"叶尔玛克"号破冰船到北极去，考察队员们再次发现了朱利叶斯当年所见到的陆地。1925年，航海家沃尔斯列依也在这个地区发现过这个岛屿。1928年，当科学家再次前去考察时，却没有发现此处有任何岛屿存在。

类似的事情在地中海也发生过。那是在1831年7月10日，一艘意大利船途经地中海西西里岛西南方的海上，船员们目睹了一场突现的奇观：海面上涌起一股20多米高，直径达730多米长的水柱，转眼间变成一团烟雾弥漫的蒸气，升到近600米的高空。八天以后，当这只船返回时，发现这儿出现了一个冒烟的小岛。

这座小岛周围的海水里，布满了多孔的红褐色浮石和飘浮着不计其数的死鱼。

这座在浓烟和沸水中诞生的小岛在以后的十多天里不断地伸展扩张，由 4 米长到 60 多米高，周长也扩展到了 4.8 千米。由于这个小岛诞生在航运繁忙、地理位置重要的突尼斯海峡里，于是引起了各国的注意。

正当各国在争夺其主权的时候，这个岛又忽然开始缩小，仅 3 个月时间便隐入了水下。但它并未真正消失，在以后的岁月里，它又多次出现，直到 1950 年，它还出现过一次。于是它就成了名副其实的"幽灵岛"。

有人认为，这是聚集在暗礁和浅滩上的积冰；也有人推测这种岛屿是由古生代的冰构成，而后又被大海融解……然而真正正确的解释暂时还没有，让我们拭目以待吧！

海豚智力之谜

  在水族馆里，我们常常能够看见海豚在训练师的指挥下，表演各种优美的动作，十分逗人喜爱。人们都会禁不住地夸奖这种美丽的海洋动物是如此聪明。那么，海豚的智慧和能力究竟高到什么程度呢？它们和人类之间的相互沟通有没有日益增进的可能呢？在心理学上，"智力"一词大致包含三种意义：一是对于各种不同状况的适应能力；二是由过往经验获取教训的学习能力；三是利用语言或符号等象征性事物从事"抽象思考

的能力"。

　　根据观察野生海豚的行为以及海豚表演杂技时与人类沟通的情形推测，海豚的适应及学习能力都很强，但目前尚无法证明海豚运用语言或符号进行抽象思维的能力。从解剖学的角度来看，海豚的脑部非常发达，大而且重。海豚大脑半球上的脑沟纵横交错，形成复杂的皱褶，大脑皮质每单位体积的细胞和神经细胞的数目非常多，神经的分布也相当复杂。如大西洋瓶鼻海豚的体重为 250 千克，而脑部重量约为 1500 克，脑重和体重的比值约为 0.6%，这个值虽然远低于人类的 1.93%，但却超过大猩猩或猴等灵长类动物。至于海豚大脑半球上由脑沟所形成的皱褶，根据研究显示，大西洋瓶鼻海豚的皱褶甚至比人类还多，而且更为复杂。换句话说，海豚脑部神经细胞的数目，比人类或黑猩猩的还要多。因此，无论是从脑重量和体重的比值，或是从大脑皮质的皱褶数目来看，大西洋瓶鼻海豚脑部的记忆容量，或是信息处理能力，均与灵长类动物不相上下。

如果人类能与海豚相互沟通，就可以获得许多有关海洋动物的宝贵资料，并学习到不同的表达和思维模式。录音记录显示，海豚使用频率在 200 千赫至 350 千赫以上的超声波进行"回音定位"，而人类的听觉范围介于 16 千赫至 20 千赫之间，人类无法听到海豚回声定位所发出的超声波。因此，我们在水中听到的海豚叫声，可能是海豚同类间互通消息所使用的部分低频声音。不论是研究海豚声音与行为的关联性，还是教导海豚学习人类的语言，以目前的进展来说，距离人类与海豚互相了解、互相沟通的最终目标都还相当遥远。

古城突然毁灭

谁也不能相信，在五千年前，印度竟然会有核爆炸的痕迹。考古学家的发掘表明，大约在五千年前，印度河流域曾有一座繁华的城市突然在瞬间被摧毁了。它的遗址被命名为"摩亨佐达罗"，即"死亡谷地"的意思。当代不少学者都认为不如称它"核死丘"更合适。

在持续多年的发掘中，考察人员找到了此地发生过多次猛烈爆炸的证据。爆炸中心一平方千米半径内所有建筑物都成了齑粉。距中心较远处，发现了许多人的骨骼。从骨骼摆放的姿势可以看出，灾难是突然降临的。这些骨骼中都含有足以与广岛、长崎核袭

击死难者相的辐射量。

美国"原子弹之父"奥本海默认为这分明是人类遭受核战争袭击的情形。考古学家在西亚伊拉克境内的幼发拉底河谷地也曾发现过类似南亚"核死丘"的遗迹。考古学家在这里一层层地挖下去，挖出了类似高温熔合玻璃的东西。

科学家最初并不知道这是什么东西，直到后来美国在内华达州核试验场留下了与这种完全相同的核熔玻璃，人们才知道了这是核爆炸后岩石熔化的产物。而这种"核熔玻璃"，人们已在恒河上游、德肯原始森林以及撒哈拉沙漠、蒙古戈壁滩等地陆续发现了好多。

造成岩石熔化需要达两千摄氏度左右的高温，自然界中的火山喷发、森林大火均不能产生达到这种高温的热能，唯有原子弹爆炸才能提供如此条件。地球上这类史前"核死丘"的发现，究竟意味着什么呢？对此，科学家们争论不休。

神秘的无底洞

也许我们在传奇小说或者神话故事中知道了有关无底洞的概念，但是，地球上是否真的存在"无底洞"呢？根据科学的说法，地球是球形的，它是由地壳、地幔和地核三层组成。如果真是这样，那么，真正的"无底洞"是不应存在的。而且我们所看到的各种山洞、裂口、裂缝，甚至火山口也都只是地壳浅层的一种自然现象罢了。

但是在希腊亚各斯古城的海滨真有一个"无底洞"。由于它所处的位置濒

临大海，每当大海涨潮时，汹涌的海水便会如排山倒海般地涌入洞中，形成一股湍急的水流。

据测算，每天流入这个无底洞里的海水总量达到三万多吨。奇怪的是，如此大量的海水灌入洞中，却从来没有把洞灌满。

这不得不让人怀疑，这个"无底洞"会不会像石灰岩地区的漏斗、竖井、落水洞。于是，人们又开始对它进行了全方位的研究，然而从20世纪三十年代以来，人们做了多种努力，企图寻找它的出口，但都是枉费心机，没有结果。

为了揭开这个秘密，1958年美国地理学会派出一支考察队，他们准备做一个有趣的实验，从而揭开这个无底洞的奥秘。他们把一种经久不变的带色染料溶解在海水中，观察染料是如何随着海水一起沉下去。接着又察看了附近海面以及岛上的所有河流湖泊，满怀希望地去寻找这种带颜色的水，出人意料的是，实验的结果非常令人失望，他们根本没有发现任何一个地方或者一片海水和河水颜色发生了改变。

难道是海水量太大把有色水稀释得太淡，以致无法发现？人们对此不得而知，这次的实验就以失败告终了。

科学的精神就在于坚持，在失败中前进，在前进中获得成功。在上一次实验失败了几年之后，这些让人钦佩的科学家们又进行了一次新的试验，他们制造了一种浅玫瑰色的塑料小颗粒。这是一种比水略轻，能浮在水面，不会沉入水底，又不会被水溶解的塑料颗粒。

他们把130公斤重的这种肩负特殊使命的细小颗粒，全部倒入了打着旋的海水里。片刻功夫，所有的小塑料颗粒就像一个整体，被无底洞吞没了。

科学家们认为，只要有一颗在别的地方冒出来，就可以找到"无底洞"的出口了，也可以判断这个无底洞的结构类型了。他们发动了数以千计的人，在各地水域整整搜寻了一年多以后，依然一无所获。

就是到今天，谁也不知道为什么这里的海水没完没了地"漏"下去，却从不见它吐出任何东西来。那么，这个"无底洞"的出口又在哪里？每天吞下的大量海水又流到哪里去了？我们只有等待未来的科学家们来寻找答案了。

"诺亚方舟"

  《圣经》中的《创世纪》有一段传说：自从人类的始祖亚当和夏娃违反天规，被逐出伊甸园后，他们来到地面，一代又一代繁衍生息，人类布满大地，但各种罪恶也充斥人间。上帝愤怒了："我要将所造之人和兽、飞鸟和昆虫都消灭，因为我后悔造他们了。"

  那时，唯有一个叫诺亚的人，心地善良正直，特别得到上帝的恩宠，所以上帝告诉他："在这块土地上，恶

行太过了，我决心毁掉所有的人。不过只有你心地和善，我决定救助你和你的妻子以及你的孩子和他们的妻子。我要使洪水泛滥大地，毁灭天下。你赶紧用木头造一只大船，完成之后，要把你的家族，还要把所有的动物分成雌雄七对，都放到方舟上去，一切准备妥当，我就让雨不停地下四十个昼夜，毁掉地上所有的生物。"

诺亚照上帝的吩咐用木头造成了方舟。方舟长 360 米，宽 23 米，高 13.6 米，分为三层，有 1.5 万吨重。方舟全部落成后，诺亚一家以及所有的动物分成雌雄七对都转移到了方舟上。不久，乌云密布、电闪雷鸣，灾难开始了。

大地的泉源裂开了，天上的窗户也敞开了，一连降了四十昼夜的暴雨，上帝完成了他可怕的惩罚。罪恶消灭了，生命也

毁灭了。大地茫茫一片，唯方舟在洪涛中不停地飘泊。据《圣经》记载，一百五十天后，水势渐退，诺亚方舟停搁在亚拉腊山巅（今土耳其东部）。又过了四十天，诺亚放出鸽子，鸽子叼回一枝橄榄叶，表明洪水已退。于是诺亚带着一切活物走出方舟，回到地面，重建家园。至今我们还把鸽子含橄榄叶的形象作为和平的象征。

　　大洪水的故事是距今六千年左右的传说，不仅在《旧约全书》里有清楚记载，被称为世界最古老的图书馆——古代亚述首都尼尼微的文库中发掘出来的泥板文书上，也有着类似的洪水故事的记载。二次大战后，一位土耳其飞行员拍到了一张"方舟"照片。从此，"方舟"不再是人们口头的传闻，而是有了照片的实物。更令人吃惊的是：照片放大处理后，测出船身长150米，宽50米，和传说中的方舟形象近似。

　　1989年9月15日，两名美国人乘直升飞机飞临亚拉腊山西南端上空时，发现了"诺亚方舟"，并拍摄了照片。驾驶员查克·阿伦说，在亚拉腊山的一处通常由冰川覆盖的、海拔4400米的地方发现了一只方舟形物体，而那处地方的冰川今年夏天因该地区高温天气而化开了。阿伦说："我百分之百地确信，这是方舟。"

难道《圣经》上的诺亚方舟就是它吗？

六块屏风岩

在秘鲁的安第斯山脉中，有一座奇怪而古老的祭坛默默矗立在奥亚迪坦布城堡遗址上。这座祭坛由六块高4米、宽与厚各2米、重50吨至80吨的巨大花岗岩石和五块作隔墙的厚石板拼接而成。根据考察，古老的采石场离此至少有一万千米以上的距离，搬运这些巨石需经过高达330米的陡峭山崖、激流和广阔的平原，然后还要将这些巨大的石头矗立在高1509米的山顶上。显然，要完成这项搬运工作需要与现代文明相媲美的高超技术。这个遗迹的主要部分出自印加帝国之前，祭坛正面竖起的金色屏风，在太阳的照射下，发出耀眼的光辉，激起了人们无限的敬仰。但是，这种高超技术出自何人，后来为何又失传了呢？暂时没有人能回答出这个问题。